パルスと円環

麻生秀顕詩集

土曜美術社出版販売

詩集　パルスと円環＊目次

詩集　パルスと円環

I

パルス

はてな
い時を継
がれてきた
パルスが預言の
ように明滅しています
またたいてはのまれ
またたいては
のまれ

草原の旅を慕って猫を愛する女がゆるむ
朝日は地平に憩うが　私たちは朝日のさなかにいる
夢見られている　しだいに形をなす小さな闇に
　始原の生命に　はぐくむ胎児に

　　その銀色の
泡だちをつかもうと
さだめなき視線として
まちたゆたうのです

机を並べて談笑する　資料をはさんで議論する
会議で一度は発言する　時には強く出る　私は思う
　私が命を失うとき　この場にいる誰一人
　　思い出すことはないだろう

うみまかれた群生が
渦になって目がけてくる
そのような位置で
身をまかせているのです

はやりやまいが地図をしろくそめてゆく
遠くの町は泣き腫らして蹲っている
隣の町は周到に準備しながら不安げに撫でている
でも私たちには今ここで
朝日のなかで生きることが大切なことなのです
分かってもらえるでしょうか

さざ波が

行間をなし
航路へと変容します
だいじな闇は
ひろい闇におおわれて
ゆられています
明滅する
こと葉を継
いで

その翌日

合わせ終えたその翌日
脱がされる

たとえば四月二日　エイプリルフールの翌日
もうひとつついてみたいうそをつけない
はがされた思いのする日

たとえば六月十四日　はやぶさが帰還した翌日
閃光の軌跡とともに母なる地球に抱きとめられ

扉の内に隠していた英雄的なものが開かれた
その翌日の
充たされた喪失感

いわば
装っては素肌に戻り
全休符から音符が顔を出し
刹那と永遠を繰り返す日

精霊なる識が降りた翌朝も同じだった
合流のこだまが宮殿に響いていただろうに
目覚めたときには静かな陽だまりに憩っていた
それもひとときのこと
少し太くなった水流は勢いづいて

新しい目的地　海へ
つまり
海の日の翌日へ

私はそのたびにひそめているだろう
そのような姿が好きだからだ
言葉が去ると形が崩れてゆく
そしてあらわになる
たえられずに
言葉は再び芽生えてくる

夏祭りの翌日　八月八日に
終戦記念の翌日　八月十六日に
花火饗宴の翌日　九月五日に

そしていずれは訪れる
息を引き取る日の翌日に

水源、変容、系統樹

人々の踊る姿が
これほど奇異に思われた白日はない
何も起こらなかった振りをして
見慣れたようにざわめき
見慣れたようにひそめき

あの日
永久崩壊を内包する円環
あるいは鉄球のがらくたが

硬い音を立てて傾き
私たちを連ならせてきたものが
息を吹き返した

水源と呼ぼう
少しだけ落とされた灯りのもと
ひしゃげた空き缶から顔を出すそれを
あるいは変容とも

遠い日
あの人たちは何を夢見ていたか
快楽街路を焼く炎に焼かれた人たち
豪奢建築を沈める水に沈んだ人たち
歴史を伝える人は残らねばならず

残った人に滅びを伝え切れた試しはない

遠い日
記憶に逍遥する蜃気楼の
私たちは影に祭られるだろう
水蒸気や硝子玉に偶然投射された光であり
夢見る主体を欲する光であるところの
影

降り注ぐ日をめぐる暈の底
降り積もる花めいた粉の堆積
ざわめきひそめく人々の
悲鳴の痕跡が道端に転がる
燈籠の割れた天蓋から溢れ出す水は

もはやとどまる様子もない
遠くへ　深みへ　源へ

水源としてにじみ、つながり、とけ、あふれ、
変容としてあふれ、とかし、つなげ、うむ

ぷすぷすと吹き満ちる神話的日常で
世界は奇異に踊る
新しい系統樹を描いている

震え、心の問題、再び震え

人々の踊る姿が
奇異に思われたその翌日
振り付け師のたらしこみは
瀕死の龍のつくばう台座をひとひととひたし続けた
地形はしぶきをあげ悪寒で震えていた

あとから思えば
数年後に何が起こるか明白であった
躍起になってひろびろとぶちまける努力の一方で

ありとあらゆる企画書が吟味されていた
慌ただしい殴り書きから手練のプレゼン資料まで

このときのがれきとは正しく心のがれきである
かつてない災厄によっても正されることのない
緻密で巧妙な樹木の露の供給を絶やさないため
また同時的に不在証明の濫造のために
売り捌いたものである

そして例のない人工的自然的環境の構築
からくりを探究する者にとって
千載一遇の機会に実験意欲をそそられるのであろうか
怯える鳥たちを逃がさないままに
不思議な戦いの旗手たちに

震えが来る
封じ込めるものと開放するものの驚愕の逆転
原始より物質は四大元素から構成されている
差し置いて取り出そうとした根源的な力が
我々に制御できないことは明白になった
それは心の問題なのである

再び震えが来る
4、6、あるいは仮眠の数字が召喚される
龍を覆い　塩を覆い　玉を覆う
屈強な棺が贈られ　統治能力を奪われる
振り付け師の正体はとらえにくく

見定めるのは容易ではない
しかし私はいぶかるのだ
罪の深さに震えていないか
憎悪の対象になることに
身を震わせることはないのかと

氷雨と雨氷

（氷雨に寄せて）

なかになにかまじる
滅ぼすという使命を帯びた
みぞれがまたひとつ
肉の住む世界に放たれたのか
吸着された氷晶が樹木を巡り
繋がるべきものを断ち

修復すべきものを阻止し
つたうつたが散り散りにちぎれる

（雨氷に寄せて）

重たく冷たい祈りが枝々を折る
暮らすものの小骨をまんべんなく折る
切ない音が白い森を包みこむ
裏切りなのか　約束の日の到来なのか

目を覚ますには犠牲が足りない
すがりつく思いにつぶされるためには
いましばらくの時が必要であった

櫛の歯を挽くように

（契りと祝詞）

たなびく雨粒に呼吸を囲まれ
荒涼とする私の血のなかで
屹立と孤立とが並び立つ

怖がるから失いたくないから
覚悟を決めるのが遅れるのか
あやすように陽がこぼれている

氷雨と雨氷　その証言

停止や解離が気泡のように
口元に浮上してきたころでした
増しつつある交通問題をいぶかしみながらも
人々は糸紡ぎやヨーヨーのように
円環と往復にいそしんでいました

鞠のように逃げ帰る地区では
今年の予算の報告がありました
雨氷のもたらした倒木の被害実態は

まだ分かっていないということです
山からはポキポキと枝が折れる音が
一晩中聞こえてきたと要職者が話していました

氷雨をさかさまにすると雨氷
さほど印象は変わらないのに
樹木を折るほどの重さが宿るというのが不思議で
氷晶核を含むみぞれと比べてみたくなりました
だから双頭にしたのです

風もないのにぶらぶらするばかりの私は
近傍にいながら何もできませんでした
水は飲まざるを得ず空気は吸わざるを得ません
侵される自らの姿態を正視することを

怖れてもいました
だから分かりやすい捧げ物を探していました
電灯のひもを見上げて能を失ってゆく人
空洞を詐術で埋めて渡る人には
たびたび殺がれもしましたが……

ただひとつ気がかりがありました
私のかわいい珊瑚のことです
私に幸福を教えてくれた私のすべて
万一の白化に灼かれるのは耐えられない
もし最悪の事態が起きたとしても
海溝に守られているから大丈夫
そう信じていたかったのです

設計図通り

春の訪れに黒いコートを着て出歩いている私は
　一つの悪であるかのように
　　片手で装置をまさぐっている

子供に与えたシャーベットの高まりが
　溶けて折れて水没してゆくように
　　金色の光の渦を築こうとする意志を用いて

通行人は闇の谷へと傾いている

私に出来ることは無言で立ち止まる振りをして
　見苦しくも美しい夢を放射することだった

なぜ純潔でありながら居直るのか
　恥ずかしげもなく握っていられるのか
　　私には皆目分からなかったが分からない

人間だから黒いコートが必要なのだろう
　新宿の通りは広く通行人も多い
　　歩いているのは私だけではなく

止まっているのも私だけではない
　しかし私はひときわ黒い執念にとらわれて
　　内なる炎を燃やすことになる

（娘たちに何と言おう）
　焼き尽くされる前に通行人の幻影
　　を焼き尽くし

その灰の向こうに
　設計図通りの清い困難が待っているのだろうか
　　最期に夕暮れを見た人は

燃え上がる空洞の向こうで
　問いかけるのか宇宙なぞなぞ　はぎとれば
　　獣が声帯を切られ血を流して横たわっている

大丈夫さ俺の手小さいから

優しい声に水たまりを滑る昆虫のように
浸してみる

きまり

雨の夜に
　あの感覚がよみがえる
　　あらゆる選択肢が眼前に並べられ
分岐の周辺を徘徊している
　王を閉じた迷宮が針葉樹林に広がる
　　展翅のごとく
泥水

またひとつ跳ね上がる泥水
　望まない場所へと歩んでいる

振り降ろす光の骨が折れている
　耐えることをあきらめ
　　あらぬ方向に棘を出している

何かが私に入ってきたのだ
　一つしかない肉体が
　　無数の心にあやつられる

刃の生えた車輪が
　内なる烈風に舞い踊り
　　散らかされてゆく　このように

我想
頭夢胸首乳
屁手病胃喜管爪　鞘　渇
髪脳耳鬱筋嘆疲腰　顎　笑　傷　歌
喉姤顔　股　憧　唇　糞　肛　穴　怒
力髄　悔　汗　心　腸　愛　涙　脇
尿肺　背　鼻　胴　憎　足　情
肝　哀　志　苦　腹　慈　気
望　楽　脂　包茎　嘘　騙
毛　腺　骨　玉　誠　膵
咳　歯　憤　尻　指
頬　欲　眼　臍　血
褌　精　活

飢　恋

垢　哭

魂

いつものことだ
　しばらくすれば
　　けろっとして一つ二つ欠けたり増えたり
しながら私のまわりに帰ってくる
　いつかは帰らないことが
　　きまっている

恍惚の椅子

ゆくさきざきで
こころゆくまで泳いでおいで
偶像が虚像に褪せるのは
いつの世でもあったこと

王冠に刻まれるあなたの流刑を
再び生まれ来たらせる
はかない可能性に賭け
水紋を蹴立てる

苦悶の蒼白
香ばしく焦げついた糖分は
咳込む朝のまどろみを
平素より甘く汗ばむ

言い募れば
歴史さえ変えることができる
とあなたは言った
その目論見は成功しつつある
と無力な人たちは見ていた

だが彼岸に打ち上げられた
悲願の束には

いつでも同じ幻惑の相が
静脈のように浮き出していた
１０００年では
見誤りようなどなかったのである

忘れないで
従順の誘いに想い巡らすのは
あなたの望み
恍惚の椅子を
深く倒して

Ⅱ

あなたの未来を想うとき

あなたの未来を想うとき
待ち構える現実の難しさに
胸が詰まる思いがします

私は齢四十になるまで
日本人は勤勉でモラルの高い人々だと思っていました
でも年金問題のときおどろきました
仕事をしないことを仕事にしている人たちが大勢いるのです

原発事故のときはもっとおどろきました
考えない方法を考えるのを推進する人
目のつむりかたに見識を示す御用の人
ごまかしをごまかしながら熱弁する人

みなビニールパイプの頭に星型の帽子をかぶって
ときには涙さえ浮かべているのです
まがってゆく草花の傍らで

日本は老いました
老いとは自ら変わる力を失ったということです
正面から言葉を交わすことをおそれ古い契約に縛られて
自ら厄災となる道を選びました

でももっとひどいことがあるのです
それは私がこの世の中にあなたを導いたこと
そしてそのことを
いささかも後悔していないこと

なんと無責任な話ではないでしょうか
私はあなたを抱きしめるのが大好きで
後悔どころかお金の算段ばかりしているのです

小さなお守り刀を買ってあげますね
やまいから逃れられるように
せめて
生き抜けるように

あなたのほうが私たちを選んでくれたという風のささやきは
都合のよいファンタジーにすぎません
でも少しだけ
かまえるこころをほどいてくれる

やっとあなたと

私はあなたの髪を撫でる
それしかできることがない
少しでも
楽しいときが続くように

あしうらで大地が煮えている
てのひらは尽くされて行き場がなくなり
まなじりを逸らしても事実の累計は変わらず
くちさきに火のような鱗粉が誘われる

（たわむれに）
めつむりてはなつむみつのろのこころ
つみみちみちてひとのつむみち

目瞑りて花摘む蜜の炉の心
罪満ち充ちて人の詰む道

（かえし）
やみのやむいのりよみつつよみのみち
みやるはつはなやみうつこころ

闇の已む祈り詠みつつ黄泉の道
見遣る初花病み鬱つ心

指先はあなたの髪を離れる
だがすぐに
次の機会をみつけて撫でる
抱くように　寄せつけないように

しんしんと　さらさらと　ゆらゆらと
厳かに始まる清浄への転回が
風のかなたを染め上げて
歴史を作ることを許さない

やっと　あなたと　あえたと
いうのに

春の動物園

春になったので
あなたたちと遠くの動物園を訪れた
新学期が始まったばかりの園内は人影もまばら
お昼どきの空は晴れ渡り
選択の正しさを明かしてくれた

たまたまその日は
アルパカお別れの日でもあった
あなたたちは干草を与えようと苦心したが

穏やかな顔をしたもこもこの白い動物は
もうお腹がいっぱいという風体で
小さな手に構うことなくまどろんでいる

その姿を見ながら私は
娘をかばって凍死した父親の物語を
ふたたび呼び寄せていた

今の季節なら　季節どころか
一日あるいは数時間あるいは場所が
少しずれていたら
結果が違っていたかもしれない

わずかな色彩も白く塗りつぶす地吹雪の

凶暴な時空に捕らえられたあなたは
父親がなすべき最後のことを体現した
捧げられるジャンパー、終わらない暴風、耳元の歌声、
包まれる暖かさ、凍ってゆく肉体、閉鎖へのまどろみ……

まといつく想いをくぐって
からだのある場所に戻ると
眼前に春の世界があった
晴天　新緑　歓声　広場　動物　赤い靴
一人は思いのままあちらこちらを走り回り
一人はほろの下で眠っている

ここはかつて
あなたたち父娘が過ごした世界

この日のように
あなたたちは永遠にここにおり
私たちは今ここにいる

その姿を見て私は安らぐ
そしてなすべきことを考える

夏の扉

夏には人が死ぬ

前日の夜
少しだけ祝祭的な香りを帯びた
会話が交わされる
―明日の準備は整ったか？
―朝早いから早く寝ましょうね

いつもの夏と同じく

つかの間の開放感と
芯にまといつく疲労が入り交じる
短い季節

おみくじの竹を引き抜くように
すっと人がいなくなる
いつも寄り添う精霊が
思い付いたいたずらで
背中の回転扉を回す

夜遅く帰宅する私は
0歳と1歳の娘の寝顔をのぞきこむ
体を傾げ　指をくわえて
寝返りを打っている

夢を見て苦しいのか

夏の扉が
あなたたちを呑みこまないように
目を凝らすけれども
群青の闇にまぎれて
何も見えない

熱帯夜のあの子たち

いつも隣に並んでいたあの子は
カンニングの消しゴムを
こっそり投げてよこしてくれた
啓示された点と点をつないで呼吸を浅くする

横顔を盗み見ると
縦書きの計算用紙に向かって
切っ先を象った紋様を一心に描いている
安らぎを求めてゆらめく暖炉から

眼をそらそうとするかのように

熱帯夜に思いはうつろう
私は恐ろしい
言葉も想像もおよばない
標的にされた樹木に施される人格改造術
新しい星型の影響にうなされて私は噤む

思いはうつろう
今もどこかで動いている心臓
謎のまま砕け散った真珠の首飾り
耳を塞いで逃れてきた音信

また思いはうつろう

誓われることのない密室の再会
揺れ動いて剝がせなかった首都の決断
かえすがえすも神話への入り口

ひとつひとつが僥倖だった
それなのに砂丘から引きあげた五指は
想いを寄せる天空の星々を
指の隙間からこぼしてばかりいた

信じてもらえないかもしれないけれど
あの子なしではいられない
熱帯夜に暗幕を広げて
空想の星座を描いて

見舞いの秋

冬へと向かう母の一族と
新宿駅で待ち合わせた
危篤に近い状態の叔父を見舞うため
私も今日の仕事は切り上げてきた
トレーダーをしている千葉の従弟は饒舌だった
しばらく世間で揉まれていない無垢と
責務を預けられたうれしみを感じとった

横たわり弱々しくしかし明瞭に

生命力を宿す手のひらを両の手のひらで包む
記憶より痩せた顔の輪郭が
二十年前に亡くなった祖父とそっくりだった
子どものころ遊んでもらった礼を言う
腎臓も肝臓も大腸も眼も耳も
ほぼ機能していないと医者は告げた
これが最後の面会になるかもしれない

延命治療はしないと決議する
先導した従弟と母の妹は叔父のアパートに
母と長野の叔母とその息子と
横浜の従弟はそれぞれの帰途につく

気の早い電飾をまとう木々が恥ずかしそうだ

移動のあいまに寄ったスーパーで地酒を物色した
どれもうまそうに見えた
小瓶を買い
高齢の母の電車案内を長野の従弟に託し
出張先の大阪へ向かった
のぞみに乗って濁り酒を呑んだ
のぞみ、か

側面にて

自らに誓いを立てたのだ
それでも守ることが使命であると
やわらかな牡丹雪におおわれて
帰り道を失いそうになったとき

命の尽きかけた飼い猫が問う　指先にあるのは
爪であるか生傷であるか道標であるか
生まれたときから見つめているのに
確かなことは何も答えられない

ひとことふたこと交わし合った綿帽子から
時のかたちに広がる樹氷を仰ぎ　紡ぎ
諭し　裏切られ　また紡ぎ

誰か私の鼓動を語ってほしい
のっそり置かれている山々は
はりねずみのようにやさしく丸まっている

春の雪

毎日部屋に閉じこもってからぶり仕事をしている
娘たちは小学校にも児童館にも預かってもらえず
義父母のもとへ毎朝配送しているものの
本当はそれも危ない

桜は観る人も少なく虚しく咲いている
虚しいなんて当の桜は微塵も思わないのだから
お世話なことを考えるのは人間のほうだなどと
お昼の報道を観ながら一人こぼす

東京に残してきたマスクやピアノが気にかかる
予約した高速バスはすべて運休になり
封鎖されたまま動けない

見覚えのある季節を後ろに残しながら
無菌室のそとで春の雪が舞っている
今は耐えていても明日は凍えるかもしれない

暖簾をくぐる

なにかが違う
疲れた円環のめぐりから
追い出されるように逃げ出した
一年前の白昼と

ビル街の一角は桜が満開である
身体検査のために舞い戻った私は
昨年と同じ構図を探して
ガラケーのカメラを向ける

馴染みの寿司やは屋号が変わった
しかつめらしい握りての風貌はすりかわり
女将さんは消えてアルバイトの娘
行列のできるらーめん屋の隣のらーめん屋は
これまた屋号が変わり重厚な面構えから
騒々しい歌い手をにおわす原色ファサード

(街角を埋めるジグソーパズルのピースが
はらりと落ちればまた一枚
主の夢に吹かれてやってくる)

もっと行ってあげれば良かったなあ
通り過ぎた年月を指折り数えてみると

何を食べて生きてきたのか覚えていない
くぐれなくなった暖簾は
今もはためいているのだろうか
薄れてゆく記憶の向こうで

私に残された時間は多くない
それでもいつもの通り腹は空く
歩いてみよう
二度と訪れることがないかもしれない
新しい暖簾をくぐりに

Ⅲ

朝のひととき

ぐずるせがむころがる
いるいらないいじぶんでやる
すわるついばむたちあがる

いそいそとふすまを開けて
太陽が顔をのぞかせる
はみ出した時間の始まり

真東から事物を照らし

すべてを輝かせるが
記憶にとどまるか確証がない

食い千切られた折り鶴
形なく塗りたくられた造形
踏み砕かれた紙の箱

もうすぐ私は遠くへ行く
この選択は正しかったのか
何度も自問する

どのような論理を通しても
言い逃れにしか聞こえない
すべてを立てる道はない

木製遊具は否応なく回転し
気取る余裕もなく白刃を渡る
ゆめまぼろしのごとく

じゃれるこぼすしかられる
くすぐるにらむひざにのる
すわるのぼるけりつける

6時
　5分
　　1秒

胸折る沼よ

先週と同じように職場を訪れると
目の前の席の人の訃報が届いていた
経験と知見ある人にふさわしく
温厚で言葉少ない人だった

その日の朝礼は職場の長という人が当番だった
突然の死について何もふれず
用意しておいたと思しき雑談に終始したのが
とても印象的だった

いつもより鈍い仕事の始まりかたは
冷淡だからというより
お互いの胸中を測り合っていたためだろう
混乱しているなどという嘘も許される

それが一週間前
つきあいが長いとは言えないその空席は
しかし　重石をつけた縄がめりこむように
日に日に私を苦しくした

　はなよめのほおあまゆるむねぬすみ
　なおはねぬよるのゆあみおまめむす
　よみはねむるあなゆめすまぬほのお

むねおるぬまよあなはゆめのみほす
花嫁の頬　甘ゆる胸　盗み
なお撥ねぬ　夜の湯浴み　お豆蒸す
黄泉は眠る穴　夢澄まぬ炎
胸折る沼よ　穴は夢飲み干す

定年を翌年に控えたサラリーマンなら誰しも
自由になる日々に新しい夢を馳せていたに違いない
ようやくそこに本来の自分
駆けたかった地平が拓けてくると

なまみのむすめあはぬよほゆるおね
あねなはよみほのおゆるまぬむすめ
ゆめのはねほすよなまぬるむあおみ

ほおむるよまのあゆみぬすめはねな
生身の娘　会はぬ夜　吠ゆる尾根
姉　名は黄泉　炎緩まぬ娘
夢の羽干す夜　生温む青み
葬る夜魔の歩み　盗め　刎ねな

心臓に少しずつナイロン状の物質が集積し
思いもかけずへばり付いて鼓動を止める
ジャックと豆の木の最後の絵のように
夢と穴とがらせんを描いて落ちてくる

あなぬのはるほおますむねゆめよみ
おゆのあなほるむすめぬまはよみね
ぬまのゆあみむすめよほねはなおる

おまめあるよほなゆのみぬすむはね
穴布春頬桝胸夢嘉
お湯の穴掘る娘　沼は黄泉ね
沼の湯浴み　娘よ骨は治る
お豆あるよ　ほな湯飲み盗むはね

アドレスが消され予定表が消されＰＣが回収されて
存在の痕跡が消されてゆく
鳥や空や星を供えられない私は
こうして一篇の碑を刻む

死への断想

しをしらないわたしは
しをかくということが
しをつたえるひととかまえるほど
しをれてことばをとりこぼす

暗闇　万能　銀河　水脈
私に寄り添っているだろうに
さまざまに想念を連ねては断念
到来に任せて外形を追うが形骸となる

子供を得た喜びに満ちてその死を歌曲にし
やがて本当に子供を失った
若い妻を疑いながら敗血症に倒れた
この人は「死もまた暗い[*1]」と言った

同時代人が次々と選択される赤い夜
譜面の森に韜晦し
三度妻をめとり六拾九歳まで生き延びた
この人は「死は万能[*2]」と言った

削げば事例に過ぎないのに手繰るな
圧倒的に集団的なものが掠める

何人にも止められない力で風景が一変し
銀河のように流れ出した
強大な磁場が出現し残された影の袖を摑み裾を引く
全身で呼び声に応えるさだめに
水脈を接続しようやく地にとどまる
沈黙し戦きながら私は祈る

だがそれでもない
仮初めの三稜鏡を通して
真実はさまざまに形と言葉を変えてくる
とりこぼされた珊瑚の精から生まれたこどもたち

死とはあなたに会えなくなることだと
噂に聞いたことがある

だれの言葉だったか思い出せないけれど
そっと落ちてくる

＊1　マーラー「大地の歌」の詞より
（第一楽章　ハンス・ベートゲ訳詞集『中国の笛』～李白に拠る）
＊2　ショスタコーヴィチ交響曲第十四番「死者の歌」の詞より
（第十一楽章　リルケに拠る）

歌謡　誓いの手紙

寒くて長い夜が明けて
幻を求める男たちが
白馬に乗ってやってきた
魂も凍る氷の世界から
唇も焼ける砂漠の地平から

そのころの私には
そう見えたのでしょう

始まりの兆し　一羽の鳥が
大空から不意に私を奪った
愛の言葉を教えてくれて
夢の紡ぎ方を習ったけど
はかない夢になったね

愛を守る証し　遠い海の鳥と
悲しみを分け合った
あんなにも抱きしめられて
誓いの手紙も書いたけど
いま別の男に魅せられている

船の中から人々が手を振っている
別れの言葉を聞きたくなくて

耳をふさいで走るいつもの道には
少女の装いで造花が咲き乱れてた

あの人のせい　あの人が悪い
困り切ったはにかんだ表情で
手を差しのべてくれるよね
私の気持ち　伝わると思う
演技が真理になるわ

きらいなのよ　優しい男は
強くて冷たい人がいい
怖いほど好きなのよ　昔の男が
とことん嘘つきがいい

あの日に書いた誓いの手紙は
もう捨てるの
ずっとずっと誰かのまねをしていた
本当の私のために私は歌う
まだ開けない心の導くままに

そして私はいなくなる
描いた地図は砂の絵となり
時という名の風が吹いて空に還る

歌謡　誓いの手紙　TypeB

寒くて長い夜が明けて
幻を求める民たちが
台座を掲げてやってきた
荒城取り巻く大きな声で
縄を巡らす小さな声で

そのころの私には
そう見えたのでしょう

選択がなされ　終わりの兆し
忘れえぬ人のもとに駆けてゆく
この運命を信じています
私を変えようとした辺境の人よ
はかない夢になったね

優越感に you! let's come
ハート震える hard feeling
とっておきのコラージュ
アルバムからまき散らして

浜辺をあがって森の奥へと走る
守りの海が退いてゆく
武器を捨て去り合一となり

どこかに私を捧げる場所がある
ああ　きっとここにある
目印は動き続けて根を張る地政
ああ　きっとここにある
言霊を破り続けて逆さま御霊

小さな箱に入った
誓いの手紙掘り起こす
くるくる転変くるくる王朝

青空浮かぶあしはら earth
透明夜空にむーんと moon
魅せられラブれ miserable

良い風呂ですね joyfulness
はにかむはなかめ honey come
ほほえみみなはれ miracle her ray
キャンディーかんでちょこっとデートチョコレート
ラーメン泡盛ライスワイン　お刺身さみしい一人酒
もっふんもっふんぱつんぱつん
ぱっつんぱっつんもふんもふん
にゃはにゃはにゃんにゃん
にゃはにゃんにゃん……

冷たい夜に

今夜は冷たい夜になる
幾時代もやまないしのび声を聞き取るため
はなれの書庫から一見無作為な機構を持ち出して
久しぶりに占ってみようと思う

黒い卵が割れてできた黒い双姉妹が
ふたたび原初の黒い卵に還って本懐を遂げる
時代を間違えた英雄が鷲鼻を嗅いで顔をしかめる

足下は大樹であり地下茎から血を吸い上げる
蛭に身をつまれた白い雉が静かにしぼむ
前線が引かずに驟雨は大地を黒く染めている

隣の部屋にはようやく眠りについた娘たち
夢の半分のそのほんの少しの領野に
足を踏み入れたばかり
今はただ安らかな眠りに揺られていてほしい
夢の全貌をその身に受けるころには
私は倒れているだろう

「配置」が引き潮にのまれて何か叫んでいる
逃れ出た騎士にも五衰の兆候が表れる

歴史的に干満する性欲の虜となって大河が氾濫する
繊月は内なる陣をもたげて嚆矢を構える
能舞台ではぜる赤よせる黒われる黄やめる白
饗宴に囲まれて鏡板のなかの老松が軋む

幾時代も同じであった
違う言葉　違う肌　違う仕草で
同じことを語り合ってきた
秒針の音が時を刻み
洋燈の暈が手元を照らす
砂の散らばりの上で
掌を組み瞑目する私もまた

たったひとつの
同じことを

光が宿る日

夏の蛍が星のようにさまよう
交差した魂の一群は
絆を深めながら近づいたり離れたり

同じ風のなかで抱擁されているのに
熟れながらわたしたちは死に向かい
あなたたちは次第に熱を帯びてくる

光を放つことができるのは終末が近いもの

口が退化して水を吸う
行うべきことだけを行えと
自らのからだが告げている

遠ざかる永遠のために燃やしていた
ほんとうの想いを
きっと分かる日が来るだろう
わたしたちに光が宿る日に

擬態と鏡像

土地は人間を育む
歴史は記憶のなかに
記憶は言葉をまねる鳥の
夢のなかに
創造のみなもとを見出す

さえずりを交わすうちは一つではない
擬態と曳航の両翼を手に入れようと
千々の炎が抱擁のきざしに目を瞑る

もうすぐ反魂的特異点が訪れる

あわてて表に出ると私のへそ曲がりの娘は
気まずそうな顔で虫取り網を構えていた
もう宿題のことは言わず
庭の木の枝にトンボが止まるのを
息をひそめて一緒に待っていると

　小さな手をそっと重ねてくれたのだった

(いつか言い聞かせなければ
その結婚は祝福されていなかった
宮殿を放逐されて荒野に旅立つお姫様と
信じるもののために世界を欺く騎士たちの

寓話の間近にいたことを）

光学異性体Ｌ体Ｄ体
ありたいところへといざない
かなたにかけ抜けようとする
交尾すれば花　花摘めば斧

崩落する空
時のだまし絵を滑空する鳥よ
私にもう構うな
土地の人間の想いを凝集し
神話のみなもとに切り込め

魚影は迷宮に入る

見慣れない色素が遠くから吹き上げている
潮流に乗って無段階階調の先端がにじみ寄る
水面上には
いつもの太陽が輝いているのだろうか
いびつにゆがんだ光球が
いくつも私たちを見おろしているのだろうか
ゆっくりとうろこをすぼませて
えらを閉じる

世紀をまたいだ沈没船の窓枠から覗くと
幾重もの月が
ふるふると姿をあらわしているのかもしれない
その特殊な光と重力によって
数十億年も地上に驚異を捧げてきた
潮汐に揺さぶられて
私たちも歌い続けてきた

　（……独居する老親を殺してはならない
　村娘たちが追放されてはならない
　地域の糧を奪ってはならない……）

それとも渡り鳥の群れが
紐のように長く

透明な海藻をまとって帰るのだろうか
森羅万象が常時結合し
つらなる卵が孵化する前に
季節の壊れた世界を行き来するための
限られた手段を手折ると
次々と鳥どもは堕ちてくる
凝縮と拡散の往復運動にもつれて
あわただしく歴史をひもといて

混濁
魚影は平衡感覚を失い
自らのラビリンス器官に突入する

（ことばが）

くらい空間には
おおきな太陽のような
海のかたまりが浮いている
その表面の小さな一部分が
四角い窓のように開いて
（ことばが）
ふたつの太陽あるいは海のあいだを
アーチでむすぶ
まるで虹のように

無数の太陽　無数の窓　無数の虹
永遠の距離のあいだを
ひゅんひゅん飛び越えてゆく
よろこびの色　かなしみの色
断念の色や絶望の色も
無機と有機　絢爛と濃淡　優美と残酷
暖と寒　甘いと辛い　強と弱
あらゆる色がここにあるが
あらゆる実体がない

伝わるためには
根源に降りなければならない
根源に降りるということは

自分のなかに降りることであり
虹をかけるということは
自分のなかの他者に
光をかけるということである
太陽あるいは海のかたまりに
「そこ」は潜んでいる

つまり何が言いたいかというと

あとがき

　この詩集は私の三冊目の詩集になります。第一詩集『部屋』を出版したのが一九九六年、第二詩集『草原の草原のアクシス』が二〇〇二年でした。そのころまでは詩人の方々との交流があり、ホームページに詩を発表するなどインターネット上での活動も行っていました。しかしどうやら気を張りすぎていたようです。私生活面も含めて疲れ切ってしまい、転職し東京近郊を離れたことをきっかけに、表立った活動を停止してしまいました。

　そのあとも作品を細々と書き続けていました。詩集をまとめたいという気持ちもくすぶっていました。行動に至らないまま、ふと気がつくと第二詩集出版から二十年以上経っていました。ほとんど付き合いがなくなった詩界も少し風景が変わってきているように感じます。何より驚いたことは自分自身の年齢です。六十歳、還暦という区切りさえ視野に入る年齢になってしまいました。そろそろ作品を整理しておかないと先に進めないという思いを強く持つようになりました。

ではいったい、どのようにまとめようか。久しぶりの詩集に、あまり古いものを載せても仕方がないと考え、二〇一〇〜二〇年ごろまでに書いたものをまとめることにしました。東日本大地震の少し前から、武漢発コロナウイルス流行初期にかけての期間ということになります。読み返すと考え方や感じ方が変わってしまったものも含まれていますが、過剰に手を入れることは控えました。瞬間的・間歇的に噴出するものと変容しながら繰り返すものという意味で書名をつけました。

出版にあたり、土曜美術社出版販売の高木祐子様には、私の反応の鈍さゆえご迷惑をおかけしました。「詩と思想」、『詩と思想詩人集』が主だった発表の場となり、長年励みになってきたことを含め、関係者の方に感謝いたします。

二〇二三年十月

麻生秀顕

著者略歴

麻生秀顕（あそう・ひであき）

1966年生まれ
詩集　1996年『部屋』（第10回福田正夫賞）
　　　2002年『草原の草原のアクシス』

現住所　〒390-1104 長野県東筑摩郡朝日村古見1539-6

詩集 パルスと円環《えんかん》

発行 二〇二三年十二月二十日

著者 麻生秀顕
装幀 森本良成
発行者 高木祐子
発行所 土曜美術社出版販売
〒162-0813 東京都新宿区東五軒町三―一〇
電話 〇三―五二二九―〇七三〇
FAX 〇三―五二二九―〇七三二
振替 〇〇一六〇―九―七五六九〇九
印刷・製本 モリモト印刷
ISBN978-4-8120-2816-2 C0092